月亮搬到身上来

沙冒智化 著

长江出版传媒

长江文艺出版社

此书献给我的母亲。

沙冒智化

20世纪80年代生于甘肃卓尼，现居拉萨。中国作家协会会员。曾参加"十月诗会"。作品发表在《人民文学》《诗刊》《十月》《中国作家》等，入选多种选本，被译为英、德、日、韩等多语种发表。出版诗集《光的纽扣》《掉在碗里的月亮说》《担心》《梦之光斋》《厨房私语》。获《达赛尔》文学奖、第九届西藏新世纪文学奖、2020年意大利金笔国际文学奖等奖项。

目录

半颗纽扣

我扫地时看到自己
在一个没有草原那么
干净的花园里
坐在一把固定的椅子上
看着镜子里歪曲的皱纹
跟自己结结巴巴地说
扣上心骨上的纽扣
被黑夜吃得只剩半颗
倘若时间愿意借我一点
从泪滴中挣脱的胶水
我找一些白色的羽毛
粘在那半颗纽扣上
修复成一双翅膀
让你完成一次飞翔
那是我唯一能
证明自己活着的
一次诺言

下 山

从山上往下看，掉进她的心里
一条河抓着她的脖子咬了一口
伤口里没有牙齿的痕迹

流出一滴奶，释放着
浓烟和爱情。胸口有两扇门
一个是左眼，一个是右眼

找一间屋子，摆上床和爱之后
一只小鸟，从眼里飞去
落过雪的山头，修成一块冰

命　题

天在用雨水的语言来
表达她的心思
雷电和暴风都在寻找出口
深藏在夜色背后的天
从不露面。像一句言语
在等待。经过黑夜的
调酒师和音乐骑上马路
跑过生活时，天露出脸
涂上阳光的底色
画上眉毛和结冰的口红
背着一个没有口的包
里面怀着一部手机
那个未出生的孩子
在键盘上敲打着一些数字
生日或死者的祭日
有的悲伤，有的开心
走在风雨之中。说：
不要挤压她的颈椎
群山的最大力气是
扛着天
行走在云后

看村口

走动在唱干的声音里
家是个纽扣，卡在心里咳不出话

身后的门，总是开着，不用我锁上
打过结的眼神每次碰到门槛

天抬不起头。背着篮子的姑娘
背着火炉。背着丈夫的一半

这里的每座山，溪水，花草都有两个
一个是神，一个是爱

黄昏关上大门之后，星星是狗
盯着门。清晨开锁之前

我不敢咳嗽，若在拉萨
咳出家，需要三十个小时

酒瓶里

一句抽筋的语言里
挖出一面空镜子
里面装满牛奶和草原

一块石头
堵住了后来的路
躲在蝴蝶身上
酒瓶里藏好醉醒的样子
摆在太阳下
让别人看到正常的
一对没有问题的
女人和男人

伸出舌头
舔上嘴唇
活动一下语言
吃口牛奶
扑上青草和花

挪开石头的位置
蝴蝶飞出去

酒瓶打碎

放出我疯癫的样子

去抓住她

牦牛说

几头牦牛
睡在一块岩石上
守着健壮的身体
放毒的蚊子，在叫喊
牛皮太厚，叫不进声

没有醒来的牦牛
梦见了狼的诱惑
动动牛角，让青草长高
草原几乎安静

放牧的孩子在云朵上
找着回家的门
锁在内心的钢铁
从城市搬到牧场
在水泥的面孔上
给牛羊之间
用一座墙壁
暗藏着夜的冷

牧场的风雨间

渐渐发散着
孤独的寒痛

一滴水叶

三十七年，走到溪水边
饮一滴水叶，没有苦味
一秒的空间，最干净

一条溪流
流进身穿蓝色肉体的世界里
释放着一滴滴天的蓝

纯洁善良的一条溪流
往上流，对着天空流
抱着山水往心里流

两条溪流。一条在体内
一条在眼前，饮上一口
复活天地之苦

一滴水叶
往爱的身上流
往母亲心里流

多　余

最大的空洞是蚂蚁洞，不是海洋
掏空的水补充失血的粮食
蔬菜长不出地面。洋气，春天，阳光，湿度
无用处。石头在风中打开了一张地图
等蚂蚁起飞，收取自己

背　面

在城市的器官里
洗一次体内接芽的残雪
申报一片农田
种下自己，看看
有多少种没有开发的颜色

拆迁的土墙后面
坐着一块石头
土墙上有她的痕迹
粘不上去
伤口里住进了
一只鸽子的家

靠着石头的树叶
脖子伸到了墙内
撕碎的土墙
雨水擦掉之前
等鸽子飞出巢
地要倒下

最白的心脏

我把自己送给了她

光打开了我的身体

太阳的心微微一跳

她坐在了光的上面

风带着云朵滑完雪的冰白

躺在她的深处

你的眼睛可以放在天空中

看着，每一块石头的来历

每一滴水的去向

慢慢还给地球高举在头顶的

她的天空和她自己

她是最初的世界

她是最后的生命

她是尚在青春的一位母亲

她是大海的后裔

她拥有着所有的星空

每一颗星星都避不开她的美

她是远古的神

给人类留下的最白的心脏

珠穆朗玛

这里的每一滴光

不会流入黑暗

这里的每一根草

学不会恶的语言

我的身心弯下她

里面下着雪

夜　里

爬过我，踩下去

软绵绵的心情

如果可以，我两手空空

站在自己身上

一次梦的失眠

烂在桌上变成花朵的孩子

在八廓街的地板上

像一根"扶活"的棍子

在风中绕过时间

我想让自己的傲慢

如一只蚂蚁

在骨头里流淌

离开我不到一秒钟的眼神

站在地上

拉着太阳的身体

滚进夜里

捡来一块

硬生生的石头

当作心脏

小沙弥

小沙弥打开火柴盒
掉了一根火柴
老师傅说你掉了一根火柴
小沙弥很快
随着"哧哧哧哧"的声音
燃尽了整盒火柴
也没有找回丢失的那一根
火光咬伤的黑暗
被光修复后
小沙弥找回光的种子
老师傅说：
天不止一次光
掏空自己
装满众生

河　岸

残雪融化时
在一片丰满醉人的草原
给你画上一条河
只要你看到，河水中会起浪

河中的鱼，牵着河
割开岩石和春天
流过半天的草原
找你到了我这里

夜的慈悲

一杯酒倒进夜里
冲破了一滴立体的泪
夜，拿出痛
是一杯融化的冰块

盲目于夜空的火石
藏在夜里
乞讨明天

一座桥

一口气放出去
结上了冰
一层层枯白的霜
像一双翅膀

飞到天亮
被一束光擦去
留下的肢体
在桥下流

祈 祷

苍天眷顾我一双鞋
我把双脚还给了大地
把躯体留下
并洗净痛苦

蜕变的时间

我有一个双胞胎兄弟
两个都不是我

人闭上眼睛之后
心睁开眼睛
能看到世界容不下的光

做一次生活测试
爱情埋在墓地里
会有身体和语言的表达吗

天亮之前，梦都是现实的
但不能跳进
白天的火坑里

他是我的双胞胎兄弟
他在她的身体里

一个人最后的时间
要留给微笑
空白的状态是最不怕恐惧

在西藏
一盏灯能抬起夜的身体
在西藏
智慧弄明白了死亡

如果你是我的语言
我说什么话都好听

灯光长在深夜的体内
是骨头
天亮了
人们是光的躯体

死亡给人留下很多想象
所有的死法
只是其中一个想象

我们饮用的每一口水
是地球和岁月健康的故事

我们是双胞胎兄弟
我是她弟弟

两滴血穿过玻璃

系在一丝光上
忧郁着自己有多透明

有些书本我们并不要一次性读懂
死前一秒钟内想明白
你会看透自己内心的黑暗

生活就这样印刷着每一天
一杯兰花底下的三块石头
似一台石灶
燃烧着绿色大火

城市失眠了依旧
人们失眠了依旧
爱是唯一醒着的证明

我是她双胞胎哥哥
她留着我半个身体

现实在镜子里长得像我们时
希望变得越快
高铁和飞机就慢起来

一块石头扔到天空
没有掉在地上之前

不要说谎话

歌已经唱好了祝福
嗓子还在发抖
我们拿着两个时间
最后迟到了时间

擦过脸的镜子擦亮心之后
再擦镜子
脸会破碎在地

低头的哈罗每朵
云要走过你的脚下
远方除了诗歌
还有生存和欲望

微笑是一种回答
是安静的杂音

人们像一杯口渴的盐水
干燥的肌肤
服侍着太阳的湿度

佛是一尊智慧像
人们把他弄成了黄金人

石头人，泥巴人，图纸上的符号
心是你最好的密语者

女人是人类的博物馆
我们是爱的证据

她给了我一生的尊严
她是我双胞胎姐姐

白透了的雪在山上时
她是美
通过山的体温，流进沟里时
她是爱

路上，走松了身体
我明白
这是生活想活着的陷阱

如果有一天地下的所有人
放回身体里
地球会不会翻一次身
所有的铁放回地下
会不会塌

若草原敬你一朵花

记住吃那一滴露珠
里面藏着天与地

藏香的味道
像地球沐浴的水流声

我天天看着远处的自己
光，确实回来了

一场战斗的风暴
吹醒了从未做过好事儿
也从未有过的两个人

眉毛弹琴的声音里流淌着一条河
断断续续地流
身体开心时，凝固在心里

手机的嗓子里藏着一块放大镜
说出来的话
一个比一个大

如果没有月亮
夜里会出现什么
如果没有太阳
地上会长出什么

我有两个双胞胎弟弟
我们互不相识

太阳摸过我的手之前
天空是一个蓝色的气球
用月光拴在地上

时间不能让我放快
不需要的一秒钟
死亡的规定
让我不想睡觉

这不是怕给黑夜看
是不停流淌的时间中得到的眼神
把我缝补在一块岩石上
深入了生活的必要

不怕没有水会渴死
眼泪可以解渴
天收回土地的生育能力
人们会饿死在手中

一个吃饱饭的人
对钱没有了惨痛的需求时

她最幸福

不去理解不要思考的眼睛
石头会成为灰尘

打破梦里真实的自己
母亲早已成了佛的母亲
你是另一个我
吃饭时，理解的味道不一样

放下弟弟
藏在心里的空气
吹不起我的身体

睡多了时间
看不见自己走过的路
路死在心里之后
脚不敢迈出自己
若你要修复内心的光
吃上一口爱

"舌头是在语言上行走的一双鞋"
时间过到这儿
我要藏在花里闻出地里的自己

我有一个双胞胎兄弟

两个都是我

强杰村口的路

去琼结的路上，看见一道彩虹
把手伸进天空，划伤了手指头
"白天，胡须被太阳晒干一半"

夜里心叶哭哑了她的声音
嘶哑的喉咙在夜里哭得像大雨
一场风退去一场雨
一束光接来一张脸

我在你的脚下吃了一口土
血液里含有冰凉的爱
胸口慢慢紧缩。一只眼藏在天空
土中闻到你的声音

我想把自己的肉体冻僵
当作一碗烈酒，灌进土里
让你咬着大地

我在琼结找到了
三百岁的达娃卓玛

守门石

我家门口有块石头
我们把它当作宝物看待
不让他人用它作为石墙，石梯，石板
这块石头已经被时间磨出光

近几年我出门在外
每次想起那块石头
想起岁月画在它身上的
风水雨林的记忆

回家看到那块石头
它的身体已经被钢钉缝了好几个口子
一个病人身上插着好几个管子似的
它的姿势让我有点悲伤

它在我家门口
像妈妈一样
等我回家

拔掉痛

除了拔掉你我没有办法克制
一群看不见的虫沾满牙齿
一颗牙齿的痛，占领了我的全部

我把你藏在语言和舌头的左右
如今，整个生活让我痛起来

为了掩盖自己的痛，我吃了止痛片
咽下很多盐水
想起胃的苦处
我只能拔掉你
并驱逐一颗牙

牧羊谣

昨夜梦里死了一只羊
醒来，我没有看到它的翅膀
从我的梦里飞走多好

我的想法很简单
我只是想做一个普通的人
躲避一个罪名

我从没有杀过一只羊
我生养在心里的所有羊群
都有翅膀
它们在我的体内
是一群蝴蝶

光的里面

到了夜里，灯光照射在碗里
我慢慢吃完一口水
想起了水的形状，像一条蛇
我把灯移到光里
点燃了一支蜡烛
在烛光下拿起筷子，手一抬起
筷子间夹挤着我的身体

请你把灯关了
我要吹灭蜡烛的影子

我用喝下的水来捆绑这双筷子
你快跑
不要倒进瓶子里

雪在白

——致诗人扎西尼玛

天黑之前来不及看你一眼
我在考虑点燃的一根香烟怎么咽下去

经过被农田抛弃的一抔土
看到，窗户里长着你

透过窗的缝隙，钻到痛里
卡哇嘎布在海里生长

若最白的雪，在我呼吸的一瞬间
冷冻我，你的存在是热的

一只鹤

一只鹤的身骨里下着雪
下着火的影子

孤独的躯体跟随衰老的心脏
藏在时间的缝隙

我的身上只剩下一缕羽毛
祈祷变成一抹灰尘

我是一只鹤。翅膀是白的
骨头和血液是白的

唯独铺在地上打滚的
影子，是黑的

一叶绿松石

一次次转弯的心
从时光的褶皱中
闪现的印记

置身于潮湿的森林
你像一阵白雾
含在我眼里

与居住在这里的树木相比
我的寂寞不过是一场雨
填满山谷的空时
在耳畔回荡更大的空

枝丫间正在聚集潮湿和雾气
悬在一叶绿松石上的
彼此容忍

是我心骨间溢出的水分
向万物密语爱的湿度

让荣湖边

被树木裹挟的让荣湖
是一个自然的胎记

踩着风，赶到山顶，我看见
山谷里的水往上奔
打上结的舌头往下爬

一块岩石上的印记
在她的手臂上动

水声灌进身体的裂缝
石头的血色更加完美

我喝上一口
像是喊出了一声
奇怪的我

真 相

不想听从饭桌上
对死亡笑着的声音
让你的夜更深痛

一滴眼泪
跟着光线在杯中下沉
身体里的血液
循环着你的眼泪

盘旋在你窗口吹着情歌的风
忘记自己有爪子

身体沉下日夜的最低处
是否变成秋叶的化石

不眠的夜

今夜，未能灿烂地痛
在传递你呼吸的心跳声
通过骨头，痛到泪

窗外的风穿墙越壁而来到
我的心里。我像一块被光恤孤的石头
在夜间，同饮寒风

一片秋叶与夜之间
藏着一束光，串上一颗天珠
擦着石头的泪

包着骨头续命的人
在白天，喂给狗的所有想象
在夜里，如此透彻

因为光，是
夜的宠物

冰川流泪

我追随太阳的尾巴
寻找一条通往海底的溪水

你给我提供了一片湖泊的身体
我把雪种在湖边
用酒烤身体

冰川融后的余温
不止一次伤感

唯独你的帐篷
不在这里等我

生命体

听着从地球毛孔里传来的声音
没能留下一片大海

一块儿冻死的冰放进嘴里
通过嘴唇、喉咙、肠道

慢慢变回水的模样
流出人体，眼睛是大门

补上细筛般的地球
守住路的体温

上　云

看着太阳流泪
嘴里啃着骨头
咬碎了舌尖

供在佛堂里的佛
一开始是个普通的人
我把双手留给了佛

佛前有一百盏灯
我只看到一盏灯

埋藏在花瓣上的火
烧成一幅画

等穿上一身的云
雨水留给你

风 花

花笑着，风跳了
太阳看到金莲花丛中的你
系在骨架上
闻着花的味道
把脸上的皮
一波一波地推
推出个酒窝
它开始温暖地
铺在草皮上
抱着甜香的花
滚打在我的心里

旧　照

月光翻译了你的脸
是一张黑白照片

时间的手脚上沾满了灰尘
光没有试出微笑

我把心削掉一半，刻上你的脸
涂上彩色
补回月亮的一半

大地抱着凄冷的冬

今夜的树不在乎落叶
冬天是粘在狼牙尖的一滴白血
大地抱着凄冷的冬

梦投射的光，抓不住落叶的声音
只要你静静地守住
黎明时葬在光里的所有的落叶
被光扫去。我一人，像一头牛
撞上春天。在未眠的夜里
四处寻你的气味

只要你找到熟悉的味道
就能修复夜的肋骨

失眠曲

当我走到月光下
把天空当作一间空房
风轻轻一动，吹散了心

我看得见的，看不见的
都留在这里
白了根的头发刺痛我的骨头

骑着梦钻进耳朵里
一夜不哑的狗叫声
离开这里，又能去哪里

我能做到的
用你涂黑我的面孔
烧了光
当作一盏灯

你只要关掉这盏灯
光就死了
房屋一片漆黑

雪是一幅唐卡

雪来了，天和地缝在一起
在拉萨的胸口雕出花瓣和叶子
绘制成一幅唐卡
像极了经书上的阳文
种满白色的光芒

我是活在风雪中的一滴露水
仿佛一匹孤狼
喝着寒风，咬着阳光
走在唐卡的辽阔里
吹着石头的口哨

请你生一把火，我为你开出裂缝
那不是伤口，是为你敞开的门
由内，而外让雪来作证

我发誓，太阳一出山
雪会从唐卡里挖出一条河
一条奔向大海的河
用水化雪

妈妈笑

入冬第七十五天，我离开拉萨
在沙冒村的火焰中，躲开生死轮回
和夜晚，吃了一碗孤独酒
唱歌时我梦见了父亲
怕酒后忘了父亲
我点了一盏灯。在生的空间里
有一条铺满记忆和被遗忘的路
一边是左手，一边是右手
佛珠夹在拇指和食指间
咬着红尘中的六字真言
野牦牛般的身子盘在人间，离我很近
还能看见父亲佩在腰上的一把刀
闪现着慈悲的光
我站在母亲面前，喊了一声
父亲的名字。她稳稳地
坐在椅子上，停下念诵说：
我们要感谢，生你父亲的母亲
我说：父亲离开我时
我刚满十五岁
他比现在的我正好年轻二十岁
这次妈妈笑出了
母亲全部的慈悲

夜的背后

我在月光中

看到一个宇宙的背面

一支从地球

走失的钢笔

在那个世界的边界

画了一只鸽子

它的爪子底下

有一块朝圣死亡的石头

这里除了月光

没有任何

能和佛一起共享的

理想和悲伤

我在这里和空气

打嗝之外

一切想象中

正在下雪

半个天

拴在院子里的狗，汪汪一叫

天开始戴上面罩

瞪着眼看地面上碎裂的水珠

狗又汪汪一叫，天开始化上浓妆

嘴里放出一口白气泡

让放牧的姑娘

用歌抓住气球的线

现在是早上九点

石头上的水纹被阳光脱下

就像一个婴儿脱下衣服

没有牙齿的哭声

那么干净

水哗啦啦地往下流

凝固的露水间

聚集的花味像一粒药丸

咽下去，经过喉咙，渗入全身

那边是他乡

这边是人间

中间是草地

边　界

我的声音早已种在你的耳畔
在你呼吸的空气中
有我回家的门

我不在乎你的耳膜
曾经触碰过多少悲乐之事
掩埋过多少句话语
都是种子的碎片

因为我的身体里
长出你的叶子
不管离地面有多远
我只想入住
石头的空间里

物　体

我寻思一颗能当作纽扣的星星
把双眼藏在胸口
咽下你无处不在的味道
拿起酒杯干了夜

命生钢缝，骨软如草
当你看见黑夜忧伤的时候
站在光里阅读风
你的身体会轻松一点

风和叶的一次深吻
让我痛得忘了自己

我曾在梦里放生一群秃鹫
锁上山之门
给自己留下一点时间
与你暖心

妈妈的哲学

去年，妈妈跟我说：
我一生下来，哭声满院飞

那是带来了前世的痛
只是想说而哭泣

婴儿的骨头是白的
喊出来的声音应该是明亮的

不然，沉默的我
早被"话"捆绑过多少次
谁知道？

妈妈说：话说多了
等于没有说

洗　礼

我在山顶看太阳
太阳掉进山沟里的溪水中
打湿了光的牙齿
咬住岸上的一束光
往山上爬

一只鸟儿在呼喊
你快转身。只见脚下的路
在一首歌里奔跑

大河的歌声
从体内奔流，堆积在河岸
如同石头。仔细一看
被谁带走的沙丘不在
藏在心里的哭泣不在
太阳的影子也不在
水里的歌声还在

一根枯草
在冬日里风化

传　说

人们把一个巨大的宇宙复制在天空
看着它说，看不见月亮

那时一个孩子拿着棍子冲出来
敲碎了河中的月亮
他说你们不配讨论光的问题

但人们不敢打捞被河水冲走的月光
更没有人敢把它装在一个透明的瓶子里
挂在自己的床头

可我希望那个小孩给月亮画上一条线
牵回他们家里，再也不要放出来

我们再也不用害怕
夜里讨论失眠

昨 天

我选择在低处
是想看到更好的天
可你像云，带着各种表情
游走在空气里
融进一块风化的时光中
吸走了我的灵魂

看见满地破碎的自己的影子时
我捡起双眼
拼起来装在一幅相框里
灌上你的气息
我的身体
恢复了动静

我们可以和天空一起
分享自己的高处

长寿花

我高喊太阳，太阳落在花瓣上
味觉留给了我

我举着一朵花，赶路
黑暗在花中，养了一条蛇

一把火，烧成灰烬时
时间睡在一辆马车上

拉萨笑了，她也笑了
车夫在搬运长寿花

月亮搬到身上来

月亮在水里颤抖

甘草吃着风的内部

无形的字在流淌

巷子里的路看着大门

一日虫探讨一粒青稞

窗户里装满了疼痛的灯火

黄昏在雷电中结束自我

飞机运走了身体

空唱着家里面粉中流落的味道

雨水在报恩

风叫累了一棵树的根

心在着火

带着暖气的夏天坐在饭桌上

蚂蚁找着没有开口的语言

看到了爬行动物的善良

藏獒有雄狮的影子

脚底下的鸟计划着用翅膀换来天

汽车吃饱了油

一头母猪给猪仔讲述慈悲的容忍

月亮红了脸

白日梦在跑步机上爬山

灯光修复着白天的皮囊

酒精藏在肚子里敲鼓

月亮说

路上的逆光躺在胃里

黄昏坠入心头

流入时间的轨道上

在五颜六色的鲜花中筹备

一轮月亮的成人礼

摆在心里

打开天空

失眠的想象

羊群走在山的前面
风经过城市来到我的背后
吹着一匹狼的口哨

一种无辜的思念赶着我
双脚平放在地面。身骨却发抖

刮着心的风
在每一个关节中响起牧人的歌
我无法开口说给自己

羊群走在我的后面
赶着日出
走回你的前面
把影子折叠成一只小鸟
放回城市

一片草原的马

一匹丢了缰绳的马
从远处跑过来
身后拖着无尽的草原
那匹无法被鞭子驯服的马
跨出天空的大海
踩着所有宗教的面孔
跑过来

那匹年轻的马，夜里背叛过光
把缰绳和马鞍
化为一块抵御世俗的顽石
任凭风赶到悬崖或深渊

后来，它抓住了老鹰
未能抓住的黎明的闪电
拖着比草原更阔的边界
跑回来

脊梁中的滚石
随时会击碎一场风暴
圈养在马蹄下的
火星上

一场雪

我用一双鞋走了三十六年
路边的花草受宠我的眼睛

你要独自走过一个春天
我的声音里下一场雪

没有路灯带路的今夜
星星是我看你的眼睛

我生来在孤独中修行
最终归还于你的孤独

我用阳光藏好的你
你用月光找回我

赶着太阳走

一辆马车
赶着太阳
背着一身流浪的爱
洒在夜里
湿了一脸的光

一夜的苦闷
在石头的寒气中
寻回曾经的样子
灌在骨髓里
用火热的气息
吵醒了一轮太阳

把时间当作
太阳的小名
骑着光
穿过你的马路
在夜的前面
叫你停下

生前我的名字叫什么

我的背景是我原有的躯体
这个躯体我用了三十六年
变成了现在的模样
犹如在历史中阅读着生与死的日期
我一个字一个字地学会了母亲的语言
今天，我的名字与我的关系
像牛与牛角之间的差别
牛在走路时身体的每一个骨节
都在弹动
只有牛角是固定不动的
除了时间以外，能让它动的
只有它的愤怒和无奈
我与我的名字之间的关系
一个是语言
一个是我的身体
现在我只想理解一个问题
我生前的名字
到底叫什么？
或者我的另一个名字
又叫什么？
只有从爸爸的口中
能听到我的真名

马，啊

小时候我见过
赛马的人
他们用鞭子抽它

牧马人，发现自己是匹马
卸下马鞍，脱了缰

它们在满地奔驰
晚上躲开狼
跑回家。和主人
一家，睡在
一个院子里

一个样子

一只手伸进河里
一只手晒着太阳
中间举着身体。我们却一样

一次声音的宴会中
你给了我认命的机会
我想让时间自动消失
死掉命运的说法
就像一双鞋踩着阳光
在一个女人的窗户里
晒干泪的美德

请你接受约定吧
我要从一个女人的声音里
让我施舍的头
抬起来
从草原和城市开始
我要还给自己

月球上的金鱼

月球上有一股蒸汽
不存在氧气的情况下四处波动
那些被欲望变异的生物
通过我们的眼睛
倾听着"我"生存问题

月球上有一条金鱼
偶尔，它擦着云层的面纱
出来喝水
不透一口气
把月球泡在海里

它在没有空气的地方能飞翔
如果你能看到月球的另一面
那里有溪水，有森林
有石头，都能飞起来

它除了没有轻重
没有性别，没有时间概念
之外，它在修复
我们并不在乎的
地球的夜晚

忏 悔

一根蜡烛

用它的泪水护着光

看到了光的忏悔

石头藏在洞里的声音

像一匹母狼

欢呼狼崽那样丞丞

从里面出去，还在里面

仿佛在光的体内

长了一双尖牙

咬着风骨，像大山

放生的一根草

烫伤了满地的雪

溶化的冰唱着

一首写在天空的歌

人藏不住心

露出的笑脸

那么安详

从黑夜里

慢慢变明

那双眼

一张被岁月湿干的纸上
藏了一双眼睛

看不到星星时你拿去用吧
穿过云雾

滴在我额头的那些雨滴
通过思念的链接输入海中

夜里醒来的所有身体拖走
我用一条河的光等你

太阳的里面

这里的黄土堆上了天
风是红色的
不是油菜花的颜色
这里有一座石头的堡垒
是一只蓝色鸟的巢穴
飞过的天空。它蹲在树枝上
唱着我的颜色，飞
风的手指弹着吉他
每一条线上
都有这片土地的来历
慢慢往下流
流进城市和社区的自来水管道时
变成一个装满了光的水晶瓶

时间身后的我

我用一枚戒指，抓住你的手
等我从雨后的雷电中加速到最慢的时候
吃一口反光。抵达季节的变化之中

我要重新站在这个节点上
锁住自己的身骨，把它放快一点
在太阳的背后挖出个空地
种下一片森林

在夜的四处，凭着嗅觉
我要躺在泥坑里的一朵石头花上
找出太阳的维度

打造一枚戒指。又把她放回抽屉
随手抓到自己的希望

不小心把月亮倒了进去

昨晚我梦见几位朋友
一位避开自己的眼睛在夜里惊醒
一位躲在漆黑的森林里
种着一条迷路

我把心里的水倒进碗里
不小心把月亮倒了进去

没有住处的灯光
等着一个人
跌在自己的身体里
带回家

光的岸

一朵太阳花在城市的缝隙里转了身
大山却藏住她的美
夜很细心，随后出手救我的眼睛

几头牛在电视里吃着草
是摄像机生的
一只鹰在纸上飞，躲着雨伞下的雨

地球变得眼珠子那么小的时候
我会看见，走回来的人吗

我的体内有很多语言的化石
里面藏着无名星上独有的一片海
但我们看不见，它在
一朵太阳花里

蓝色日

——致自己的生日

风干的冰
用时间的体温
炼成一块石头

多少年后
剪掉它的手脚指尖
如果有必要
留下它的舌头

生命，在一个
无法实现诺言的
慈悲的彷徨中
遇见自己

九月第二十二天

当我开始寻找宇宙的背后时
请你坐在我的眼里
哪怕我不能抵达，我也用眼睛
把你送到那个最高点
我有一张地球的风景图
把它挂在我的眼里
去图中，拿回你的夜
如果我在这途中活出个样子
我要出租我头顶的光
买一点生活的烟囱里
挤出的浓烟
给你烧一壶水
请你伸出那温柔的手臂
拉我上去
我以石头的名义
把寂静的生活
送你一生

月叶下

我失眠的枕头里装着你的夜
躲开时间，把胡须种在脸上
若脸变成了一片森林，种点蔬菜和幸福
把草原退回帐篷里，等我

回家的隧道里没有空气
穿梭的记忆在回收
我的时间。我通往一条河流
寻找一片森林的湿润

经过那里，我遇见了大海
哪里有白雪成双之时
都是我的喜马拉雅山

太阳休息的时间。请你挂上一盏月亮
绿叶闭关之前，我要沿着河流回家

路边的石头未眠之前
我要试着把星星放进你的窗户里
你把它当作一颗糖
慢慢地含
慢慢地还给我

天的白

北京的夜里，有一朵花
身穿着黑色的天
一根根雪的琴弦上，挂着
漂浮着的故乡

天空是一座黑色的花园
下着星星的花瓣
堆在北京的窗户里
像一群飞蛾
讲述着死亡与光的历史

做客信

他吃着被空气煮好的食物
在四处摔着手里的酒杯
说：醉不过酒的人
只能作酿酒的一粒青稞

我的朋友，黄立康
他有一栋房子。朝阳
每天开着大门，等着
那些来串门的人
他有一首纳西人的歌
总是唱不完歌词
如同人们不断地买房，买车
一般，给我续上力

梦包装在房屋的时间
我只要一瓶酒
我饥饿着的脑子
没有休息之前
在你白天营业的
一栋房里说
让时间喝醉

十二月十六

月儿推开了夜的窗帘
让我伸出了头

他有一颗发红的珊瑚
在呼吸我的心脏
除了爱与继承
一切都是虚构的

体内，有张地图
其中一条路
通往放生的我
一盏婴儿般的灯
在时间的枝丫上
生长着爱的骨节

逃跑的泪
藏在光的毛孔里
修补着
一块绿松石

尘世的佛堂前

坐着一双袜子
要穿的人
婴儿般的我

他的模样缩写了
我的五官

口罩蓝

地图上，所有的水源
拉上来，像一张渔网

我们把所有的秘密藏在海底
你说谁能拿回来

比如鱼刺，沾在羽毛上
飞起来。谁能抓住伤痕

放下手，时间没有用处
放下去，是大海

把地球装回，被风吹破的镜子里
照顾好爱

模　型

——致 Marina

夜色从山顶慢慢下来
灯光举着双手，护着我的身体
满山的电杆，如同针灸般
扎在一草一木中渐渐白发的石头里
超度我体内的雨水冲刷的痕迹
夜色在不断地创伤我的视野
逐渐腐化着我的存在
柔弱的空气也摆着缺氧的姿势
抚摸着秋季乞讨的残雪
只要你，蜷缩进一首歌里
就像一艘小小的宇宙飞船
能带我逃避幻觉绑架的
一个周末的背后

双层脸

母亲的乳汁续了我的命
我想用时间的吸管给你喂一滴

我的身体里有一片沙漠
也有一小块的绿洲

我在花丛中饲养着一只老鹰
在时间中疯疯癫癫

我是一个伤疤
藏着一颗子弹

弹出去的泪水
堵住了呼吸

人间情

面对死亡
谎言是最甜蜜的制裁
如果不是时间卡在喉咙里
一口舍不得咽下去的
味道，或许是一个影子
我一旦想起她
她会在你的恐惧中
挖个坑
埋下她所有的情绪
在泪的骨头上
开出美的谎言
正对时间
过去是最真的诺言

谎　言

天空像个黑板
无法破解的星辰和我同住在一张脸上

在人面前，我无法忏悔
别人的罪恶。我知道别人好
自己也得到安宁

借我一个舌头。我要说点自己的错
卡在牙齿间说不出声的是我所有的白发
开口说出的梦

谎言放生在夜里，喂给星辰
天一亮，都摆着一张张笑脸
苦苦央求放过自己

星辰和我的脸，在夜里走动
他俩同住在一张脸上

月石桥

若这世上有人诅咒我
那是一个善良的嘴巴

松开一条鞋带
那个女人的辫子
系上了我的心

被雨水湿透的尘土中
散发着浓郁的味道
我从耳朵里拿出她的声音
建造出一面不透风的墙

补缀在脚底下的石头里
有一盏灯
失眠在梦里的窗户中央
看到月光里的家

心挂在路口
给她修了一座桥
彩虹和眼泪揉在一起
把自己当作铺垫

让她踩过去

系上一条鞋带
那个女人
松开了我的心

十四天

回拉萨的第一天
小区的窗户里
有十几座山看着我
我用童年的心
看了几部科幻片
剧情最佳时刻
拯救人类的方式
快于一切时间
全部的想法来自
智慧和英雄之间
最后是谢幕

日子走

我们的明天
不会有饥荒
哪怕饿了肚子
不会没有日子过

走在路上的风
通往器官
不管为谁停留

我失去迷茫之后
变成了一只鸽子

蹲坐在地上，是一只
飞在天空，有两只

我们不会失去
哪怕死亡
也不会失去尊严

幻　觉

关在门外的太阳
像一只老鹰的眼睛
盯着我的脑壳

我的身躯里长着
一间土木结构的房屋
窗户锁在脑后
大门关在嘴里

睡下去的梦里
我把敲电脑的手指甲
剪掉一半
喂给一只鸟

记得小时候母亲说
鸟类吃指甲
立马会死去
但那只鸟没有死在梦里

一朵疯了的玫瑰
哭着一窝蚂蚁的命运

我蹲在地上
剪掉长在梦里的翅膀

界
——致音乐家边洛先生

寂寞刻在声音里发胖的那个年代
歌手们睡在大街上乞讨

那时，我无法理解香巴拉的天空
为什么没有秃鹫
我从不在乎神有什么

卡在喉咙里的那朵乌云，像一场风暴
总是那么容易，划伤我的泪

你把撕烂的声音埋在骨子里
用你生活的细胞来补修之后
冲洗过发霉的大街小巷时。我在
一个年轻时代前，听过你

被风吹硬的你，酸苦的你
用长发捆绑的时间还在摇动着我的天空
像水面上漂浮的牛皮船
在我的时间里，削过我的皱纹

如今的你，像河流，像阳光
守着发生了很多胡须和胡须之间
交织而失色的故事

年轻的人啊！今夜
你在一个陌生的虚空中
在酒吧里，在胡同里
在一个城市的农村的被窝里
敲着我的骨头

金巴是他们的名字

金巴一出生就戴着一副墨镜
躲着慈悲背后的仇恨

他没有看见在他的心里
有一片无尽的戈壁

卡车的方向盘在车轮上行驶
酒馆的姑娘抓着路

风撞死的不是一只羊
是一片空空无影的天

喊着救命的
是一滴泪的轮回，不是一只羊

内心哭泣的那个人不是一个杀手
是一位修行的尊者

流着血的牙齿里长出了一根绿苗
堵塞了时间的血迹

金巴消失在梦里
金巴却活在人间

深夜里我看到很多宇宙的窗户

走在上空的星星很多
每一次看到北斗七星
我就想起，多年前一个人守过的荒原：
那里一夜的狗叫声
让我几次咽回自己的声音
那时我刚满十六岁
父亲离开我不到一年
同样的恐慌，吞噬过全身的力气
让我的双脚扶不起身体
让我的身体顾不上眼泪
从此，我走路非常快
生怕背后的风跟上自己
或者我追不上昨天的太阳
很多次夜里惊醒时
狗的狂叫声灌满了整个身体
那些过去的梦像一个旧人
常常来到我的夜里提醒我
——离乡并不是一种痛苦
因为天空不是空的
那些闪烁的每一颗星星
都是一个家

你闭上眼睛就能登上
一个宇宙的窗前
你的身体
是你父亲故乡

同　步

草原高举着小时候的星星
孩子们在河边

我想描述一次最简单的童年
蹲在水里，抓了一朵云

月光磨成一条丝线，穿过一块岩石
满地的乌烟缝住语言的边界

睡在天空的半个月亮，被昨夜擦掉
流失的石头，昨夜裂开

破损的天空挂在星星的翅膀下
夜景慢慢消解失眠的快乐

一群蚂蚁，掉进梦幻的世界里
成了夜的样子

巨　蚁

河水的嘴唇快干了
缺氧的草原在沙化
地下沉睡的毒虫开始吃人
人类向蚂蚁挑战力量

一座山成了蚂蚁的粮仓
如同消费的汽车，火车，飞机，轮船……
覆盖电视屏幕的信息数据
增长着负数的人性

南极熊变回人类之前
人们长出了鱼的尾巴
用一束光速找回恐龙时代的森林
疯长黑色的光芒

一艘核船上
坐着世界各地的恐惧
向宇宙之外的环境污染而宣战

人们在阅读时间，历史以及
战争的背景。但时间并没有源头

只是一幅轮回图中

跑出来的气候

那个叫仲嘎才让的人

他十六岁认识了他的妻子
他的妻子了解这个男人要她干什么

他十六岁踩过一朵花，我害怕
他四十岁放弃自己，我不怕

他给她输送两个生命
他给她留下荒凉的誓言

下雨时我闻不到酒味
雨洗净酒的味道，然后不见人

我从泥土里寻找味道
他从红尘中把酒输进血液里

我俩共享过一个帐篷
也共享过一个时间

最后一刻，药和我
被他的肉体拒绝

一杯喜酒喝哭了

一杯悲酒喝笑了

他和风合并成一体

骑着兀鹰飞去

日子说

太阳的皮肤没有变白之前
去一次心里回来，脚走痛了鞋底

抱着身体看看，眼睛有没有丢在她身上
细语缝过的心，坐在月亮上等着

赶梦回来的人给黑夜补上一条路
我抓住一根绳子上没有打完的结

省下的半结打在我的舌头上
她敲着关上的嗓门，说我一心的日子

给河流半滴雨，接上流走的远
我压着笨拙的心，不让跳出来

拉萨含在嘴里，叫了一声她
日子像一块饿了的肉，跳进我嘴里

太阳的皮肤没有变黑之前
快去给脚底，补上点日子

梦 境

你说我很傻
我把你藏在喉咙里没有放出来

你说我很笨
我把自己摁在一座山下带你转

山里的水流成一把刀
隔断了我看见的你

我的眼里突然盛开一座花园
五颜六色都在扎我

生活在我的身体里破了个洞
我把最好的开心摆出来了

风在舔着你身体的墙壁
我的心像一块石头从山上滚下来

我用胸口堵住自己
让你留在心里

要养一场风

你含上一嘴风，跟着雾
下凡人心的几句露珠
看着，其中有我

我从花丛中借来一点味道
灌进鼻孔里
让你的身体吃点无形的美

天照在水里流进了草原
故乡的太阳帮我解读着
每一根枯草的心情

一口气，折断了我的话
我要养一场风
缝合你居住的大山

石头和刺猬

啤酒杯里蹲着一座雪山

白的亮透着月光

塔杰看着底下的大海

气泡往天空爬

黑夜在外面复印着路灯

我们走出去

抵达了最宽松的心情

说到石头和刺猬的不同之处

石头的刺是忍耐

刺猬的刺是声音

喝完的啤酒杯里

一片安静

接卜来我们俩要做的

是让所有泡沫沉入海底

大山的四面都在迎接着风

你先走，梳好辫子上的花朵
若你回来，大山的四面都在迎接着风

夜流入白天，藏獒说出的话
夜的胸口上，跟着雪散步

你要看，植入草根里的水滴
拉着春天的胡须，看到她的心

我给我的心里，倒一碗水
我用身体烧干，夜的一面

你等等，我咬伤了自己的舌头
活在天珠里的文字，眨眨眼

我剃了皮上的病，一句梦
砸烂了我的耳朵

若你来，脚放在太阳的入口
要种下，盛开花的辫子

骑着梦

说出全部的心
风变成结巴，说不出雨水

把你埋在心的明处
眼睛的伤口中流出了心思

她在他的心里站着流淌
像土地的故乡

一个"等"字长出的牙齿
咬断了心跳的次数

紧张的呼吸怕破了哭的声音
流入了打不开的家

若你骑着梦来看
我在你心里等你

前　后

你只是说了一句话，干了舌头
你祈祷一滴雨
洗礼我唯一没有看到的心

听到了吗？若你能站在山顶
吹响一声海螺
大海会在你的天空中起浪

时间的盒子里，身体像秒针
一秒秒地磨，看到
一杯水能止痛星星的梦

十二月的嘴巴像一张脸
咬着山上的太阳
给我输送着一把火

我的心在一滴血里
在你的手里
等着变成一朵花

三 月

二月是雪
风在雪中擦着大地的骨头

三月是心
所有的生物准备着唱歌的日子

你在四月的山上等我
我在三月里出来找你

你在青草尖上叫生活
我给风点一把火送给你

热腾腾的茶不要一口喝下去
会丢掉蒸汽里的家

只要你在山上
我会看到你提炼出来的太阳

你给溪水悄悄地说几句爱
她会流入我的心里

颜 色

一只蚊子落在天花板上
眼睛变成了红色

一条鱼游入大海
海变成了翅膀

一只蚂蚁吃上绿叶
地变成了绿色

一只猫爬进夜里
心变成了人

一颗牙掉在地上
长出了花

盖在白纸上的家

雨一层一层地下

一道孤独的路在雨中走来了太阳

在黑色的头发里藏不住的白发

月光涂在夜空一般

心里灼热是我幸福骑在爱的背上

用黑夜的鞭子再抽

风一波一波地吹

一脸废墟的拼图中走来了自己

关掉激动，关掉悲伤

喝一口晒在太阳下的水

也许能种出一种没有瓜子的西瓜

自然晒在简单的需要中

让石头生出牛奶

狼毒花的根里挖出黄金

火种在土里吃水

雨一层一层地下

下完天空为止下得要美

下得人心惶惶

下得大门前长出草海

让所有的纸凝固成一座大山

找出最新的家

瞒过太阳

一双眼睛盯着太阳

太阳有瞒不过的事儿

看到一辆汽车的轮胎里有空气

在死亡没有到之前的那种气息

没有时间和地点

真好我心里说完一句话

太阳抓着我的脖子

脱掉了全身的黑暗

看到太阳最里面的白

那闪烁的心

仿佛我在摸着一片沙漠里的海

在我的胸口

挖出她的脸

盖满天空之蓝

共饮自我

瓦卡说

月光踩着走过瓦卡的夜晚
时间笑得最开心

金沙江面露出了一个过河的背影
满头的发髻跟着心思
划到岸边，划到深夜的菜地里
双手种进 1990 年
学着一首歌的身体

站在高处的心情要摸到地面
摸到地面的心可以启动蓝天

骡夫走过瓦卡之后的日历上
有 2021 年 4 月的他
双手扒开这里的土
弹着一首粘在马蹄里的路

钉在心里的阳光
围着一群留着辫子的孩子
数着回家的门

梦　花

堵在心里的气口破了

吹进一朵花里等着盛开

院子里的树叶

变没有的时候我要开始挖土

挖出草的根

等于挖出了吃水的嘴巴

院子里的时间

天天在院子里走不出门

我要试着把这些花送给街上人

等于一口气

送走了她们

我还要努力改造花园里的花

这些花还没有变样

我要使劲浇水

使劲让她们长

长得没有样子

没有再长的能力时

我从梦里醒来

一看我是冬天

羊卓雍措上的一朵云

等等，留给我一点时间
我愿做羊卓雍措上的一朵云

身穿湖水的天鹅，脱下羊卓雍措
过来坐坐大地，我们说说话

你看看，羊卓雍措有点累了
是为了秋影休息的时间吗

掉进湖里的大山，我要唱首歌
从海底把我背回来，还给我

挂在湖面的月亮，镶在鱼儿的额头
深入湖底的路，送给天上的月亮

云儿，云儿！若你听到我
伸出双手，把我从身体里拿走

看看，黄昏拉着一把火
说：她的脸在看我

缝月亮

等着路上的时间
人心如饥饿一样能喂饱

山和心之间
摆着一盏光
月亮是看神话的一扇窗户
山山水水
是躲不了的眼睛

这一条路，比生命还长
月亮的身体是黑夜
白天她可以是太阳
如同打了结的我们
一瞬间跑到毛发和皮囊上
越过岗巴拉山
心里落了一块石头

月亮是很复杂的光体
四方形，长方形，三角形
看看眼睛外
抱着公路的夜色

拿着一根针

妈妈的微笑里

抽出一点线来

缝上了心

等到的时间中

月亮正好是十五的样子

心在爬

个子最高的人

心放在天空看到一片大地

他拿着一瓶矿泉水

看完了一条河流

他跑到山上，看见了鹰

看见了一只鹰死后不再动的模样

站在身体上的头

看着云上漂泊的夜晚

她骑在摩托车上

让汽油哭出了一股力量

他坐在山的里面

用两个轮胎的气压跑到了另一个山顶

她在一顶帽子里转完了一座山的心脏

她用照相机的嘴巴说完了一座山

她用一瓶嘎尔拉纳的泉水

治好了吃过肉的肚子

都在往上爬，水往云里爬

草往夜里爬，她往心里爬

羊群的梦滑倒羊圈时

烟囱里的晚饭和星星往上爬

他从山顶回到地上

睡着拥有几亿万水珠的沙冒草原
我们在菩萨的胸口
打开了夜的意思
我们绕过一天的心情
跳到银河系的最中央
走到山下，让心爬上去

有一条河的玩具

叫作金鱼的那闪闪发光的身体
我们追过一天
找着转弯的水沟和竹篓
抓过一天的日子
有时在磨坊底下的水中
能看见月亮
能数上白天的星星
能雕刻生活的味道

我们有一条河的玩具
有一所三年级的学校
用瓶底做的火苗
有四个村庄的早晨送来的孩子
有自己回家的路
有夜里发光的密咒
跟着我们去寻找
丢在夜里
逃跑狼的牛羊

老人们说水磨坊里
有一个无形无影的空间

有调皮的影子

有日夜的缝隙

有一条长着胡须的鱼

吃着沙粒的青蛙

咬断恐慌的清风

燃烧颜色的花朵

正在粉碎的青稞

我们有一条河的玩具

里面可以抓住天色

算出明天的太阳何时露面

喝上云朵的净白

我们可以和太阳交流

太阳爷爷，快出来

我们是玻璃娃

用你金色的微笑

擦干身上的冰痛

到了冬天我们有滑冰场

有木板和钢铁做的汽车

有各自的停车位

用灰尘写下的上村和下村的界限

有草根和土豆做的烟斗

有兔子粪做的烟草

有时父母喊来的绳索

把我们绑得紧紧的带回家

堆在火炉旁

融解我们体内的冬天

塌 陷

风走在从天而降的雪梯上
骑着马数着脚步
要背回家的所有的东西
现在有人送到门口
猕猴桃，香蕉，芒果，西瓜
剩下的都在水果篮里举着
自己的价格排着队
阳光玫瑰葡萄，蓝宝石葡萄
火龙果，草莓，柚子
每一种水果都有它的美德
赐予人们
合作市的物价跟着春节
爬到心里挖了个洞
洞口的人看着洞里的梦
跳进去，爬出来
桌上坐满了开心的水果
帮人们喊出能消化的胃
带着嚼碎的疼痛
等着雨水和太阳
跳进太阳里
热着这片土地

雷电也在天空中画着很多歌谱

下雨的第一时间

我跑回屋里看着

雨滴用很多途径钻入大地

我看着阳台上吃着雨水的花朵

水泥，钢筋，沙石

她们没有疼痛

雨下得非常温顺

雷电也在天空中画着很多歌谱

我突然跑出去

在雨水中站了半个小时

我发现衣服吃饱了雨水

水在往下流

我脱掉上衣

我的身体吃着雨水

回到屋里

身体吃尽了身上的水珠

我是剩下的半滴雨

一张纸上坐着四个人

一张纸上坐着四个人
他们都在回家
家里的门都是歪着的
都有各自的钥匙
牙齿和胃都是一样的大小
大门歪着的缘故
他们都进不去家里的门
一个人准备从窗户里钻进去
一个人看着烟囱休息
一个人咬着锁
一个人把自己摁进了下水道
纸上的云朵
看着这些人
保持着良好的天气
他们最后放弃了这张纸
扔进河里
拿回来打开
只有歪着的影子

追 弃

放下手里的风
让自己掉在阳光上吹一吹
能变得债张
眼里刻个石头在呼吸的痛
沙化的天
刻在大海的心脏上
留给最后的一只鸟
卸掉爪子装上齿轮
追上公路
没有尽头的心摁在脚底
刻上一片草原
牧羊人带到城市中心
舌尖刻上一块肉
吃上青草
喝上溪水
让身体伸出手外
破开镜子
抓住自己的身体
放回原点
开始自己

土 冈

脱掉身体，颜色
会给声音穿上什么衣服
月光照着的脸和心有什么区别
黑暗从光的窗口伸出头
看到了一堆石头
要堆出一张没有嘴巴的脸

我们的眼睛没有看出
脚下的石头在数着
每一块石头心里掉下的
一滴滴铁珠子
砸入地里，慢慢逃出
闭着嘴巴的眼珠

石头记日子的土冈
用密咒抓住了每一块石头
围着村庄和河流
在路边和山顶
帮时间看着每一条街
要脱掉的心情

骑上天的歌声

一天的太阳到了西边
是一口白色的洞
西宁背着 Z265 火车钻进了夜
穿着绿皮火车的我
要给可可西里的风打个洞
让火车的脚记住
从前这里是大海

一头白色的野牦牛
走过了我的梦
它是一座山顶
倒进心里比细味的甜还能安慰
太阳从东边抬头时
这里的寒风和冰雪用藏羚羊的蹄子
缝合了这片土地

暴风中的狼算个弱小的动物
棕熊和我的眼神之间
你能听见
风和狗叫声打结的力量吗
野驴背上有天

让歌声骑上天
钻回天空中的那白色洞里
拿出太阳的脸

背上你的心

举着太阳走着的路

坐上眼里

我背上你的心

看着眼角发红的天空

半个太阳在城市的空气里

挤在对面的窗户中

数着脖子上流淌的血液

一辆车洒在地上的轮胎声中

流出的一点汗水

抓着路的身体努力套在脖子上

让自己长高

黄昏中越看越长的影子

拉断了日子之后

他捡起自己

在一家花店里咬了几口味道

解开身上所有人的痕迹

用天空中剩下的太阳

兀自拼了一颗心

细光一寸一寸放大

路流向大海

我们变得越来越短

蓝色界

剥开冰冻的身躯

嘴上抱着我，慢慢呼吸

春天在提炼着一片秘密的菜地

把你推进折叠的心情中

在夏天的狂热中盛开

味道和美，用阳光的吸管

输入身体的天空

让我拥有应有的风暴

卷入时间的移动之处

打开生活在骨架中的开门的声音

心跳声蹦蹦敲着的心情

如同一位钢琴家

忠告所有听众说安静

我要听见他们的呼吸

摸着声音的双手插入心脏

一层一层拨开的呼吸

摆在菜地和花园中间

告诉我，你是否见过

天空的一无所有

我的骨头在胃里着火

我的胃里有一片草原
一座大山
一间藏药和中药和西药的实验室
吃了这么多药
露珠和星光
一度占领了她们的世界
我的骨头在里面着火
只要你看我
能灭掉疼痛

后记：八廓街的六种思维

我写诗时，我从八廓街开始思考。一片地、一片天、一片湖、一条路、一颗心。一面墙上的壁画。都在这里是走动的，如同地球的脚，不停地走。推着世界各地的人们在八廓街上走动。人造的时间、星星，窗户里的灯光，朝拜的人在八廓街上走动。旅游指南针，导游的嘴巴，各种心情，很多肤色和向往人间的心灵在八廓街上走动。人坐在地上，心在走动。眼睛在脸上，目光在走动。白天在天空，黑暗在走动。屠夫的刀口上有慈悲，诵经人的佛珠上有把刀。切开肉的皮肤，流出劳动者的梦。

藏语中，"八廓"是"中间转到"的意思，又名八角街，位于拉萨市旧城区，较完整地保存了古城传统面貌、居住方式，以及人群的喧嚣和安静。目前八廓街是拉萨著名的转经道和商业中心，多边形街道环周长1000余米，街巷35个，下辖4个居委会，199个居民大院。这里有六层世界，六个空间，六种思维。这里来过世界各地的人，这里拥有世界各地的宽容和善良。

在八廓街，你会看到老奶奶手中的茶杯，喝着热乎乎的蒸汽。小孩在哭，嘴里啃着空气。缺氧的人，缺氧的心态，缺氧的感觉，缺氧的石头，缺氧的土豆，缺氧的一根草，在天空中走动。总而言之，这里什么都不缺，天空和大地都是氧气。还有流落至此的人，磕长头的人，心里没有痛苦的人，都在这里走动。素食者的筷子上，沾着一滴血，血中有一朵莲花，花中有梦，梦中有天，天上有地，地上有人，人中有素食者。黄金和白银像一个人的心，一面黄，一面白，黑属于白，红属于黄，四种颜色，涂在心里，看见蓝，有色中看到无色的空间，一体的眼，有一杯六色的茶。

八廓街，有壁画，有大海的声音，神话的语言，唐卡，铜像，雕像，艺术馆，纪念馆，酒吧，藏餐，西餐，素食餐厅，冷饮店，咖啡馆，德克士，甜茶馆，一夜三十元的旅馆，星级酒店，烟草商，金银珠宝店，电影院；这里有仿造者，有小偷，有梦中人，朝圣的路通往人间，地狱与天堂，一步之遥，一眼之间，一梦距离。这里很大，宇宙在图中，一滴水那么大，两个手指可以捏碎。手掌心里有大海、草原、雪山，天空和大地，拍一次手，声音中有灶中的火，火上的锅，锅中有食物。生活是说不完的话语。父母身上的大爱，是孩子一辈子的信仰。福克纳说过"加缪他有一颗不停探求和思索的灵魂"。诗人的追求和探索，一刻也不能放松。

每一天，我要自己问一个问题，挖掘自己的知识。当然，这全部来自各种知识。诗歌不是几句粗犷的喊叫声，或者软弱的悲伤。而是最细腻的思维方式表达的情感，对社会和人类的心灵探索的意义。所以,我发表一首诗,我就说这一首诗有了家。因为每一首诗歌都是智慧和思维及语言的故乡,是诗人们的家,是我们应有的文明、社会、经济、科学和明天,以及人类社会的一切变化的见证。

图书在版编目（CIP）数据

月亮搬到身上来 / 沙冒智化著.-- 武汉：长江文艺出版社，2023.1

（第 38 届青春诗会诗丛）

ISBN 978-7-5702-2902-4

Ⅰ.①月… Ⅱ.①沙… Ⅲ.①诗集－中国－当代

Ⅳ.①I227

中国版本图书馆 CIP 数据核字（2022）第 165361 号

月亮搬到身上来
YUELIANG BANDAO SHENSHANGLAI

特约编辑：丁 鹏　曾子芙

责任编辑：胡 璇　石 忆　　　　　责任校对：毛季慧

封面设计：张致远　　　　　　　　　责任印制：邱 莉　王光兴

长江出版传媒　　长江文艺出版社

出版：

地址：武汉市雄楚大街 268 号　　　邮编：430070

发行：长江文艺出版社

http://www.cjlap.com

印刷：湖北新华印务有限公司

开本：880 毫米×1230 毫米　　1/32　　印张：4.625　　插页：4 页

版次：2023 年 1 月第 1 版　　　　2023 年 1 月第 1 次印刷

行数：2448 行

定价：52.00 元
